# LA POMME

## *ET*

# LA CITROUILLE,

### *OU*

## LE MYSANTHROPE VILLAGEOIS;

### *DRAME LYRIQUE*

### EN UN ACTE.

*Représenté en Province & en société.*

La Musique est par M. DU BOULLAY.

---

Prix 24 sols avec les airs notés.

---

A MANNHEIM,

*Et se vend à Paris,*

Chez la Veuve DUCHESNE, Libraire, rue Saint Jacques, au Temple du Goût.

---

M. DCC. LXXIII.

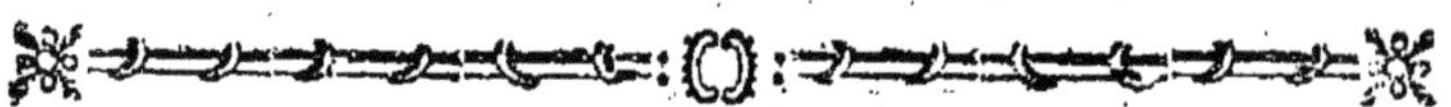

On propose une souscription de 60 Amateurs à raison de 10 livres chacun, pour faire graver la Partition de la Musique de cet Opéra Comique. Elle est connue de MM. DUNY, PHILIDOR & RIGEL.

On livrera l'Ouvrage un mois après que la souscription sera remplie.

Il faut s'adresser à la Veuve Duchesne, Libraire rue Saint Jacques, & affranchir Lettres & argent.

IL est facile de juger que la Pomme n'a été mise ici en place du Gland de la Fable, que pour être plus frappante sur la Scène; si à cela près cette petite Pièce approchoit de la simplicité & de la naïveté de son modele, l'Auteur qui a d'ailleurs à se dédommager sur le succès de plusieurs Ouvrages en ce genre, auroit tout le prix qu'il en a recherché : avec cette intention, il n'a pas cru devoir embarrasser son sujet d'une intrigue; persuadé, que la vérité en feroit l'intérêt & seroit encore accueillie de quiconque elle est connue. En effet, ce nouveau Mysanthrope, trop d'après nature peut être, a paru toucher & faire rire à la fois ceux qui l'ont déjà vû; notamment ceux qui commencent à délaisser les grands Théâtres où l'on ne voit plus que des roses & des enchantemens : & tel qui sera choqué des mots bas & grossiers de Pomme de terre & de Citrouille, pourroit bien mériter d'être réduit à cette nourriture, plutôt que le pauvre THOMAS.

# PERSONNAGES.

THOMAS,        *Fermier ruiné.*

HENRIETTE,      *sa fille.*

LOUIS,        *Soldat vétéran, congédié.*

*Le Théâtre représente un bois défriché, plusieurs arbres isolés de différentes espèces, & quelques broussailles : dans le fond, quelques champs cultivés en bleds turcs & pommes de terre, deux cahutes faites de gazon en forme de toit, hautes de terre de quatre à cinq pieds au plus ; des citrouilles çà & là ; une avec sa plante en avant de la Scène au pied d'un pommier : quelques épouvantails dans les champs faits de piquets, surmontés de vieux chapeaux & haillons, &c.*

*La Scène commence pendant une nuit d'Automne.*

# LA POMME

## ET

## LA CITROUILLE,

### OU

### LE MYSANTHROPE VILLAGEOIS.

---

## SCÉNE PREMIERE.

THOMAS *seul, appuyé sur sa bêche.*

ARIETTE notée, N°. 1.

O Fortune injuste & bizarre,
Que tu nous vends cher tes faveurs!
Est-il bienfait de ta main trop avare,
Que nous n'arrosions de sueurs?

Viens, viens dans nos champs d'indigence
Ramener la prospérité ;
Fais succeder le calme d'abondance
Aux frimats de la pauvreté!

A

Demain, dis-tu !... demain s'avance,
Sans voir le moment de jouir ;
Demain encor le travail recommence,
Pour ne jamais, jamais finir.

Que je suis malheureux !... J'étois riche, j'avois des fermes, des chevaux, des charrues & des valets ; & maintenant je n'ai plus que mon hoyau & quelques champs pour subsister ma fille & moi !... Encore sont-ils sans cesse à la merci du ciel & des hommes ! ( *Il se promene.* ) La lune paroit... le jour est encore plus éloigné que je ne comptois... Ah ! J'ai mesuré la nuit à la durée de l'orage !.. Quel temps il a fait !.. Les torrens venans des montagnes auront encore détruit mes digues : adieu mes provisions d'hyver... ( *Il léve la bêche sur son épaule & s'en va...* voyons ... ( *Il se heurte contre une citrouille, & tombe presque jusqu'à terre* ) ha ! ( *Il se releve épouvanté,* ) qu'est-ce que cela? ( *Il tâte* ) encore une ( *très-haut* ) citrouille !... que le diable t'emporte ! ( *Il la jette d'un coup de pied dans la coulisse, & dit plus bas,* ) que n'es tu, ainsi que je disois, pendue à cet arbre ? Tu n'incommoderois pas les passans... ah Thomas !.. ( *La main au front.* ) Pauvre Thomas !.. Je voudrois ( *Plus haut* ) être mort. ( *Il sort.* )

# SCÈNE II.

## HENRIETTE, *seule.*

(*Elle sort de sa cahute, qui est en avant de la Scène, sur ses genoux & se frottant les yeux.*)

### RÉCITATIF.

PLAIT-IL ?... Est-ce vous mon pere?..
Non... je n'entends plus de bruit... [*Elle bâille.*)
Ha.... comme la lune est claire...
Il sera plus de minuit.
Mais... qui peut m'avoir troublée ?
Et suis-je bien éveillée ?..

 Oui... j'ai rêvé
 D'avoir levé
 Une citrouille...
 Et non, c'étoit
Hier que mon pere en parloit...
 Eh ! je m'embrouille...
C'étoit je crois de mort,
On dit que c'est présage
 De mariage,
 Ou d'heureux sort.

# 4 LA POMME ET LA CITROUILLE.

## A RIETTE.

Si jamais avec ce que j'aime
Mes jours étoient unis,
Et mes vœux accomplis,
Que mon bonheur seroit extrême !

Mais .... j'entends encore roder,
J'entends gronder ;
C'est la voix de mon pere,
Il paroit en colere. ..
Bannissons ma frayeur,
C'est son ton ordinair e....
Quelle bizarre humeur !...

Pour moi je suis toujours contente,
C'est avec un plaisir égal
Que je travaille , & que je chante,
Rien pour moi n'est un mal.

# SCÈNE III.

## THOMAS, HENRIETTE.

### THOMAS.

Oui, oui, chante, tu as raison.

### HENRIETTE.

Ha ! C'est vous, mon pere, je savois bien que je vous avois entendu.

### THOMAS.

Va, va, tu n'as qu'à voir avec quoi tu nourriras tes porcs l'hyver.

### HENRIETTE.

Comment ?

### THOMAS.

Comment ? Tu fondois sur tes belles pommes de terre ( a ) au bas de la côte ?

### HENRIETTE.

Eh bien ?

### THOMAS.

Emportées !

### HENRIETTE.

Ah ciel ! & par qui ?

### THOMAS.

Par qui ? Par l'orage.

______________________________________

( a ) Ou crompires.

### HENRIETTE.

Par l'orage ? Et je n'ai rien entendu.

### THOMAS.

Je le crois bien , un fans-fouci comme toi : cela dort comme une fouche... va-t-en, va-t-en recueillir le fruit de tes peines...les eaux ont formé un ravin, comme une grange , te dis-je.

### HENRIETTE , *indifféremment.*

J'en fuis pourtant fâchée !

### THOMAS-

Comme tu dis cela ! oh ! Tu me fâcherois pour un rien , toi.

### HENRIETTE.

Eh ! Que voulez-vous que j'y faffe ? Il faut bien s'en confoler.

### THOMAS.

Et toi , tu me défoles.

### HENRIETTE.

Pourquoi ? N'avons nous pas fait une récolte fuffifante en feigle ?

### THOMAS.

Oui ? Et notre froment eft allé , comme l'on dit , à-vau-l'eau.

### HENRIETTE.

Mais tout n'a pas été perdu.

### THOMAS.

O ciel ! Tu le fais !... Au moment de la moif-fon...voilà de tes coups !

### ARIETTE.

Armé de fa faucille
Et les yeux ennivrés,
Le moiſſonneur pétille
Près de ſes champs dorés ;
Déjà le vent s'éleve,
Et croît par tourbillons ;
Le ciel s'ébranle, crêve
De ſillons en ſillons ;
La foudre roule, gronde,
Fait trembler les vallons ;
La récolte féconde
Tombe ſous les grêlons,
Et bientôt flotte en onde
Sur la mer des moiſſons....
Voilà le naufrage du monde.

## HENRIETTE.

Naufrage, naufrage... Mais cette fois-là il n'y a eu perſonne de noyé.

## THOMAS.

Qu'eſt-ce qui te parle de gens ?... Je te parle de mes champs, de ma récolte, de mon avoir... Voilà le monde pour moi !

## HENRIETTE.

Eh bien, il faut eſperer que l'année prochaine ſera plus heureuſe.

## THOMAS.

Oui, oui, vis d'eſpérance ; & cette nourriture-là te menera à l'hôpital.

### HENRIETTE.

Que dites-vous, mon pere?.. Vous ne fongez pas que nous avons encore fur pied deux grands arpens de farazin prêt à recueillir...

### THOMAS.

Il ne l'eft pas encore ... & puis, quelle extrê-mité! qui? moi! manger du pain de farrazin? du pain noir, lourd & amer? vrai pain de la douleur que vous ne connoiffez pas vous autres oififs des Villes, que nous nourriffons, & qui ne favez ce ce que c'eft que champs, que chaumiére & que peine!

### HENRIETTE, *lui preffant le bras*
*des deux mains.*

Hélas! eft-il poffible? Quoi! mon pere...Rien ne vous calme; laiffez-moi époufer Louis; il vient de fe retirer du fervice honorablement; il eft riche, nous fommes laborieux, vivez avec nous; & dès-lors, quels maux avons-nous en-core à redouter?

### THOMAS.

Quels maux? Après un an de mariage, tu m'en dirois des nouvelles?

### D U O.

### HENRIETTE.
Excufez-moi, mon pere.

### THOMAS.
Ce n'eft pas ton affaire.

### HENRIETTE.
C'eft un très honnête garçon.

THOMAS.
Dis-moi, qui t'en répond ?

HENRIETTE.
J'ai bien appris
A le connoître.

THOMAS.
D'accord, mais il feroit peut-être
Le plus mauvais des maris.

HENRIETTE.
Non, il ne fçauroit être
Que le meilleur des maris.
Je vous en prie.

THOMAS.
Quelle folie !

*ENSEMBLE.*

| THOMAS. | HENRIETTE. |
|---|---|
| Tous tes difcours font fu-<br>perflus, | Eh ! quoi ! mes vœux font<br>fuperflus, |
| Et ne m'en parle plus. | Ah ! vous ne m'aimez plus. |

THOMAS.
Pourquoi fe marier ?
Pour entendre crier
Autour de foi fans ceffe
Une avide jeuneffe.

HENRIETTE.
Eh bien, mon pere,
C'eft mon affaire.

*ENSEMBLE.*

| THOMAS. | HENRIETTE. |
|---|---|
| Crois-moi, le célibat | Non, non, le célibat |
| Eft un heureux état. | Eft un funefte état. |

### HENRIETTE.

Mais, mon pere, à vous entendre, on croi-
roit que vous auriez à vous plaindre de moi ... ou
de ma pauvre mere.

### THOMAS, *la ferrant dans fes bras.*

Moi, mon enfant ? tu me perces le cœur ! ah !
mon Henriette ; fans toi je ne ferois plus.

### HENRIETTE.

Ni moi fans vous.... (*plus gaiement.*) Mon
pere, pardon, mais je veux réformer votre fa-
çon de penfer : je veux vous voir encore em-
braffer vos petits enfans.... Oui , je veux vous
racommoder avec le genre-humain, avec la nature entiere.

### THOMAS.

Ce ne fera pas fans peine.

### HENRIETTE.

Je ne fais rien , je ne m'embaraffe de rien ;
mais tout ce que je vois m'affure qu'il exifte un
bonheur.

### THOMAS.

Où ?

### HENRIETTE.

Par-tout où l'on veut , je penfe ; tenez, inte-
rogez feulement les oifeaux.

### THOMAS.

Oui , interroge ; comme ils te répondront !

### ARIETTE. Notée N°. 2.

### HENRIETTE.

Ecoutez au printemps
L'alouette planante,

Annoncer par ſes chants
La ſaiſon renaiſſante ;
Déjà ſa voix perçante
Pénetre au fond des bois,
La troupe gazouillante
Se réveille à la fois.
Dans nos vergers , ſur la bruyere ,
Chacun fredonne à ſa maniere
Ses plaiſirs divers :
Rien n'eſt plus touchant que leurs airs ,
Rien n'eſt ſi doux que leurs concerts ;
On croit qu'ils s'entretiennent ,
On croit qu'ils ſe comprennent ,
Et toujours joyeux
Parce qu'ils ſont heureux.
Plus aiſément
Nous pouvons l'être ;
Sachons connoître
Et ſaiſir le moment.

## THOMAS.

Tu me fais pitié avec tes chanſons & ton printemps : & l'hiver donc , morbleu , l'hiver !

## SCÈNE IV.

### LOUIS, THOMAS, HENRIETTE.

**LOUIS**, *à demi voix.*

Bon jour, ma chere Henriette.

**HENRIETTE**, *lui donnant la main.*

(*Bas.*) Ah ! te voilà !

**THOMAS.**

Tais-toi, tais-toi, sotte.

**LOUIS.**

(*Haut.*) Bon jour, pere Thomas.

**THOMAS.**

Ah ! voilà l'autre... Bon soir.

**LOUIS.**

- Bon soir !... mais l'aurore va paroître ; est-ce que vous n'avez pas assez dormi ?

**THOMAS.**

Est-ce qu'on dort ? Est-ce qu'on se couche dans ce monde ?

**LOUIS.**

Et pourquoi pas ? J'avois promis à Henriette de venir ici avant la pointe du jour, vous relever, & garder vos champs contre le gibier.

**HENRIETTE.**

Oui, mon pere, je vous l'avois bien dit.

## LOUIS.

Eh ! fans doute , vous deviez compter fur moi.

## THOMAS.

Je ne compte fur perfonne.

## LOUIS.

Non , mais vous comptez beaucoup fur vos imprécations continuelles... La nuit vous rêvez de phantômes , & le jour vous courez après ; comment voulez-vous avoir du repos ?

### A RIETTE.

A murmurer ,
A foupirer ,
Pourquoi paffer fa vie entiere ?
On perd fon temps à défirer
Le bien qu'on peut fe procurer :
On voit la fin de fa carriere ,
Sans réüffir
Et fans joüir.　　**FIN.**

Tâchons de nous borner
A ce que la nature
A fû nous affigner ;
Nos foins , notre culture
Sauront plus nous donner
Que notre vain murmure ; [b]

A murmurer , &c.

---

[b] Pendant & après cette Ariette , Henriette fait un petit feu ; lequel , crainte d'accident ou d'embarras, fe peut faire dans un chaudron de fer à trois piés, rempli de cendre , mê ées de quelques charbons ardens , **ou** non , à volonté Si elle dédaigne de s'affeoir à terre , il lui faut une fellette de bois très-baffe. Elle écoute par intervalles , & fait à Louis quelques fignes de modération.

### THOMAS.

Oh ! vous jouissez beaucoup , vous autres
Militaires, avec vôtre gaieté affectée ! en faisant
contre fortune bon cœur, n'est-ce pas ?

### LOUIS, *chaudement.*

Rien d'affecté chez nous : on prend le bien
quand il vient, on souffre le mal quand il le faut,
& l'honneur par dessus tout ; voilà tout le secret
du métier....

### THOMAS.

Ce secret là est bien cher ! & l'honneur du
métier.            (*Il ricanne.*)

### LOUIS.

Oui , sans doute , honneur à qui le fait ; hon‐
neur à qui le récompense.

   (*Il montre de l'index la plaque de vétérance.*)

### THOMAS, *ricannant.*

Mais s'il y a tant d'avantage , pourquoi reve‐
nez-vous prendre la charrue de vos peres ?

### LOUIS.

Parce que j'ai du bien ; parce qu'il est autant
de l'intérêt de l'Etat que du mien que je ne le
laisse pas dépérir : parce que j'ai rempli ma tâche
enfin.

### THOMAS.

C'est-à-dire que vous voudriez que nous fus‐
sions tous soldats.

### LOUIS.

A n'en pas douter : cela vous apprendroit à être
contents de peu , & à être plus soumis & plus
affectionnés à vos maîtres.

## THOMAS.

La rare science !

## LOUIS.

Vous avez beau dire : elle ne s'apprend malheureusement pas dans vos Colléges. ( *Entre les dents.* ) Où par parenthèse vous vous feriez bien passé de perdre votre temps.

## THOMAS.

Non, mais on y apprend quelque chose de mieux.

## LOUIS.

Eh quoi ?

## THOMAS.

Le latin, par exemple.

## LOUIS.

On y apprend à ne rien apprendre, & à ne rien sçavoir toute sa vie ; les gens de Village n'ont pas besoin de savoir ni lire ni écrire, encore moins d'étudier ; qu'en arrive-t-il ? ( *vivement.* ) Un laboureur aisé se ruine pour faire prendre le petit collet à un de ses enfants, dans l'espoir qu'il aura chez lui une retraite sur ses vieux jours : à peine le petit fat est-il un peu décrassé, qu'il méprise ses pere & mere jusqu'à se faire servir par eux : oui, se faire servir par eux, cela n'est que trop commun dans nos campagnes, & cela crie vengeance.

## THOMAS.

C'est une si belle chose que la science !

### LOUIS.

Qu'appellez-vous science ? Arrogance, hypo-
crifie, malignité, & puis c'eft tout... Beau-pere,
la bêche ou le moufquet pour nous, il n'y a pas
de milieu.

### HENRIETTE.

Mon pere, voilà du feu ; les nuits font déjà
froides, venez vous chauffer & fécher.

### THOMAS.

Eh ! féche-toi, toi-même !

### HENRIETTE.

Voulez-vous que je vous faffe une petite foupe ?

### THOMAS.

Oui, avec du bouillon de nuée, n'eft-ce pas ?

### HENRIETTE.

Ou bien voulez-vous que je vous faffe cuire
quelques pommes de terre ? Oui, n'eft-ce pas ?..
Je fçais que vous les aimez....

### THOMAS.

Va-t-en, va-t-en ramaffer les tiennes au bas
de la côte ; cela vaudra mieux.

### HENRIETTE.

A propos, je n'y penfois plus.

*(Elle s'en va à pas lents après avoir mis des*
*pommes de terre dans le chaudron.)*

### THOMAS.

Prends garde au moins de tomber dans la ra-
vine.

SCENE

# SCÈNE V.

## THOMAS, LOUIS.

### THOMAS.

SI bien que c'est avec plaisir que vous reve-
nez, comme l'on dit, planter vos choux ?

### LOUIS.

Cela m'est égal : j'ai servi avec agrément, je la-
bourerai avec plaisir : il n'est soldat, quelque
brave qu'il soit, qui n'aime à revoir son clocher.

### ARIETTE.

Après le tumulte des armes,
Que nos champs ont pour moi de charmes!
Quels délices de contempler
Nos bois, nos pâturages!
D'entendre nos agneaux bêler,
Traversant nos bocages!

A voir faner
Et moissonner
Comme le cœur palpite,
Et tendrement s'agite!

Et quel plaisir
De s'endormir
Au bourdonnement des abeilles!
Voilà, voilà de nos merveilles,
Pour qui sait en jouir!

B

### THOMAS.

Ah ! comme je m'appréte à vous entendre déchanter, lorſque le Collecteur vous aura fait ſa premiere viſite !

### LOUIS.

Je payerai toujours mon tribut avec plaiſir.

### THOMAS.

Alors viendront les dixmes, les corvées, les conyois, les chauſſées ...

### LOUIS.

Tout cela eſt peut-être plus utile que pénible pour nous qui nous en plaignons.

### THOMAS.

Ce n'eſt pas tout ... Pendant que vous ſerez bien tranquillement entre deux draps, un de vos bœufs ira, par échappée, pâturer grand comme la main, du pré de votre voiſin ; on le gagera ...

### LOUIS.

Cela eſt dans l'ordre ; vous en feriez faire autant du cheval de vôtre propre frere.

### THOMAS.

On le gagera donc : alors il vous faudra payer l'amende, le Garde, le Sergent, les Records, le Greffier, le Maire, le Lieutenant de Maire, le Procureur Fiſcal, le Bailli & ſon Clerc, & le diable ...

## LOUIS.

Je ne payerai rien que de légitime : il y a juſtice pour tout le monde.

## THOMAS.

Juſtice ? & vous ne payerez rien !

## LOUIS.

Non.

## THOMAS.

Mais voici bien le plus inique : ſi par malheur le chien qui garde vos chevaux ou vos moutons court après un lievre en raſe campagne, on le tue, ou il vous faut payer des ſommes ruineuſes ; tandis que le gibier vient impunément abîmer tous vos héritages, & vous n'oſez rien lui faire.

ARIETTE, *à paſſer ſi l'on veut.*

Le ſoir au coucher du ſoleil
Quand je veux gagner ma chaumiere,
Et réparer par le ſommeil
    Ma tâche journaliere ;
    La Biche avec ſon Fan
        Vient broutant,
        Abbatant,
        Trépignant,
    Mes ſeigles, mon froment ;
    La Laye & ſes petits,
        Vont gruger,
        Fourager,

Ravager,

Mes orges; mon maïs. ( c )

A les garder, il faut paſſer les nuits.

Le jour le Seigneur,

Son chaſſeur,

Chiens, chevaux, & tout l'équipage

Pour un misérable levraut ,

Font mille fois plus de ravage

Qu'il ne vaut ;

Dégats nouveaux,

Point de repos.

Le ſoir au coucher du ſoleil, &c.

### LOUIS.

Cela eſt fâcheux, je l'avoue : mais vous aurez beau vous plaindre , il n'en ſera ni plus, ni moins.

### THOMAS.

Ni plus, ni moins ?.. Comment ! mes bleds ont été hachés par la grêle ; je ſeme de l'orge en place, lés bêtes fauves en ravagent la moitié , les Chaſſeurs de Monſeigneur, l'autre ; enfin je ſême du ſarazin, à peine ſuis-je au bout de mon champ, qu'une nuée de pigeons vient fondre deſſus, & m'en enleve les trois quarts … Que me reſte-t-il ?

### LOUIS.

Sans doute ; mais que voulez-vous ? Ce ſont les droits du Seigneur , & un chacun ne peut pas les avoir.

---

( c ) Maïs, vrai nom de ce qu'on nomme bled turc dans les campagnes.

### THOMAS.

Et pourquoi pas ?

### LOUIS.

Je le dis, pourquoi : parce que vous ne le pouvez pas.

### THOMAS.

Je ne le peux pas... Mais je pourrois très-bien être Bailli ; j'ai étudié & j'en sais bien autant que le nôtre.

### LOUIS.

C'est ce que je disois, voilà le mal : il auroit beaucoup mieux valu étudier le sol de vos champs, & les mieux cultiver, vous ne vous feriez pas ruiné.

### THOMAS.

Il vaudroit mieux vous taire : Que le ciel vous bénisse !

### LOUIS.

Dites plutôt qu'il vous corrige !

### THOMAS.

Et vous, qu'il vous confonde !

# SCÈNE VI.

## TRIO.

| LOUIS. | HENRIETTE. | THOMAS. |
|---|---|---|
| Finiffez tous ces maudiffons ; | *( arrivant entr'eux )* | Eh ! gardez pour vous vos leçons. |
| Si je me mets en colere, | Eh ! quoi ? mon pere ? | Si je me mets en colere, |
| A moi vous aurez à faire, | Eh ! quoi Louis ? | A moi vous aurez a faire. |
| A toi ? | Ah ! fe peut-il que des amis | A toi ? |
| A moi. | Se querellent, | A moi ! |
| Comment ? Plaît-il ? | Se harcellent ? | Comment ? Plaît-il ? |
| Hain ? Quoi ? | | Hain ? Quoi ? |
| Comment ? à moi des maudiffons ? | *à Thomas.* | Comment, à moi des leçons ! |
| Ah ! je pétille ! | Ce ne font point des leçons, | Ah ! je pétille ! |
| Ah ! fans fa fille ! | *à Louis.* | Ah ! fans ma fille, |
| Comme je me vengerois ! | Encore moins des maudiffons : | Comme je me vengerois ! |
| Comme je l'étrillerois ! | Ah ! pauvre fille ! | Comme je l'étrillerois ! |
| Non, non, | La paix, la paix ! | Non, non, |
| J'en aurai raifon. | Ayez plus de raifon. | J'en aurai raifon. |

## HENRIETTE.

Vous me défefpérez tous deux … De grace entendez vous … Mon pere ! Mon cher Louis, cédez.

## THOMAS.

Comment ? à un homme de mon âge ! de ma capacité !

### LOUIS.

Oui, de sa capacité : comme hier avec sa citrouille qu'il vouloit greffer sur les arbres.

### THOMAS.

Sans doute : je vous en apprendrai bien de l'autre … ( *à Henriette* ) Epouse donc un homme bouillant comme celui-là.

### HENRIETTE.

Eh bien, mon pere, qu'à cela ne tienne, pourvû que vous vous raccomodiez.

### THOMAS.

Me raccomoder ?

### HENRIETTE.

Je vous en fupplie : ( *elle prend leurs mains qu'elle unit* ) & que ce foit à jamais.

( *Des biches ou des fangliers paroiffent dans le fond ( d ).* )

### THOMAS, *quitte brufquement lamain de fa fille.*

Tiens, tiens ; les vois-tu ? Ah ! les chiens ! Ah ! les drôles ! Et je ne les tuerois pas !

---

( d ) Cela n'eft pas néceffaire.

## LOUIS.

ARIETTE notée, N°. 3.

Laiffez, beau pere,
Vos fufils,
Ou bien d'une ou d'autre manière
Ils vous cauferont des foucis ;
Si par malheur un Garde-chaffe
Tire fur vous & vous fracaffe,
A la maifon tout éclopé,
Vous reviendrez bien détrompé . . . . *Fin.*
Et fi jamais dans un moment coupable,
Vous même alliez tuer votre femblable ;
Il faudroit quitter fes États ;
Henriette n'y furvivroit pas.
Laiffez, beau pere, &c.

( *Il ne fait plus clair de lune.* )

( *Pendant cette ariette Thomas va prendre un fufil qu'il a caché dans un faule creux: il y met la charge, &c. &c. Et Henriette frappe d'un bâton contre les arbres pour chaffer les bêtes fauves* ).

### HENRIETTE.

Oui, mon pere, écoutez Louis ; il eft fans fiel, il veut votre bien.

### THOMAS.

Oui, oui, maudit Bailli ; je te ferai voir que je peux manger auffi bien du gibier que toi.

( *Il s'en va* ).

### HENRIETTE

Mon pere !

THOMAS.

Va, va, ne crains rien.

LOUIS, *piteusement.*

Allez donc, bonne chance !

THOMAS. *Il heurte en s'en allant un*
*épouvantail fait comme un homme : il*
*recule effrayé.*

Qu'est-ce encore?..( *il examine l'épouvantail,*
*le bourre de son fusil, & le renverse.*) Eh ! tu m'as
presque fait peur.

<hr>

# SCÈNE VII.

## LOUIS, HENRIETTE.

### LOUIS.

QUELLE humeur ! Quelle bizarrerie ! Et comme cette tête-là travaille sans cesse !

### HENRIETTE.

Il me fait trembler, te dis-je ; je n'ose le quit-
ter : je pourrois très-bien me dispenser de venir
ici veiller avec lui ; mais je ne suis pas tranquille
quand il est loin de moi.

### LOUIS.

Tu en seras recompensée, ma chere Henriette ;
il faut avoir patience ; il y a du remède : ton pere

est honnête homme , il n'a pas toujours tort ;
mais il a la manie de tous ceux qui veulent tout
savoir pour avoir appris peu de chose : il se font
un goût & un jugement faux : l'opiniâtreté s'en
mêle , & voilà leurs petits cerveaux détraqués ...
Les sillons de nos champs , morbleu ; voilà les
livres dont il faut savoir tous les feuillets par
cœur.

### HENRIETTE.

Sans le Bailli nous en viendrons encore à bout ;
mais il a amodié , tu le sais , les chasses de Mon-
seigneur ; il a déjà fait faire deux ou trois rap-
ports contre lui ; il faut payer les frais ....

### LOUIS.

Sans le tour du bâton.

### HENRIETTE.

Ah ! ce n'est jamais fini : à notre dernier pro-
cès , j'allai le solliciter encore ce gros ladre de
Bailli ; écoute , écoute.

### ARIETTE.

J'avois dans ma serviette
Dequoi le régaler :

   ( *Elle contrefait la voix du Bailli.* )

» Qu'as-tu là ma poulette ?
» Que vois-je sautiller ?
( *Elle fait une révérence , & parle de sa voix ordinaire.* )
Le ciel vous tienne en joie,
C'est un cochon de lait ,
Bien tendre , bien douillet
Que papa vous envoye ;

*( La voix du Bailli. )*

» Grand merci mon enfant,
» J'en ai tant à préfent,
» Que je n'en fais que faire...
» Rapporte le moi dans un an ...

*( Sa voix naturelle. )*

Et mon affaire ?

*( La voix du Bailli. )*

» Elle eft très-claire;
» Tout cela s'arrangera,
» Il eft remède à cela.

*( Sa voix naturelle. )*

Dans une autre détreffe,
Je fus un beau matin
Lui porter une pièce
De toile de lin fin :

*( La voix du Bailli. )*

» Va-t'en, j'ai de l'ouvrage,
» Notre femme eft là-bas :
» D'affaires de ménage
» Je ne me mêle pas.

*( Sa voix naturelle. )*

Et mon affaire ?

*( La voix du Bailli. )*

» Elle eft très-claire,
» Ma femme l'arrangera;
» Il eft remède à cela.

## LOUIS.

Parbleu, fa femme! je la connois; elle en
arrangeroit bien d'autres... Mais pour en reve-

nir à ton pere, tout cela n'arrange pas les nô-
tres : quand nous marirons-nous ?

### HENRIETTE.

Je ne sais ; je suis majeure à la vérité, je peux
disposer de moi, mais je ne veux point le faire
sans son aveu : il se forge déjà assez de peines sans
lui en donner encore de nouvelles … mais pourquoi ne lui en parles-tu pas ? Il te l'a promis à
ton dernier semestre.

### LOUIS.

Lui en parler ? Et m'en laisse-t-il le temps ? j'ai
déjà fort à faire de lui tenir tête : tu vois comme
il s'emporte. Tiens, il lui faudroit une bonne
campagne.

### HENRIETTE.

A son âge ? ( *Elle va tirer des pommes de terre
du chaudron.* )

### LOUIS.

Tu verrois comme il trouveroit tout bon à son
retour … mais, le jour commence à poîndre,
ton pere ne revient pas ; il m'inquiète, je vais
voir après lui.

### HENRIETTE.

Oh ! je t'en prie, mon cher Louis … tiens,
amuse-toi en chemin faisant, à manger quelques
pommes de terre …

### LOUIS.

Volontiers.

### HENRIETTE.

Je voudrois avoir à t'offrir quelque chose de
mieux.

LOUIS.

Quelque chofe de mieux ?…C'eft un mets qui
ne paroit groſſier qu'aux yeux de ceux qui igno-
rent comme il vient, ainſi que les bonnes chofes..
pour moi, je le trouve nourriſſant, délicat &
léger… & de ta main c'eft un régal…deman-
de, demande à nos François comme ils l'ont
trouvé, ces dernieres guerres en Allemagne !

HENRIETTE.

Ah çà, ne demeure pas trop long-temps.

LOUIS.

Non, grand-merci…

( Il paſſe en s'en allant à travers les brouſſailles, laiſſe
tomber quelques pommes de terre, & ſe baiſſe pour
les ramaſſer ).

---

# SCÈNE VIII. *& derniere.*

# HENRIETTE, LOUIS, THOMAS.

THOMAS, *entre d'abord ſur la ſcène
le dos tourné; puis ſe retournant
couche en joue Louis.*

OH ! pour le coup en voilà encore un. ( *Il preſſe
la détente du fuſil, l'amorce ſeule prend.* ( e )

LOUIS, *ſe relevant & courant à Thomas.*

Ciel ! Que faites vous ?

---

( e ) Pourvû que l'on vóye quelques étincelles de la
pierre du fuſil, cela ſuffit.

HENRIETTE, *criant.*

Miséricorde !..( *Elle court à Louis* ).

THOMAS.

Oh ! ciel !.. Ah Louis !.. Ah mon cher ami !...
( *Ils se tiennent un moment embrassés en silence.* )

LOUIS, *pénétré & interdit, à Thomas.*

Eh ! Que vouliez-vous faire ?

HENRIETTE.

Ah ! Je n'ai pas une goute de sang dans les
veines,

THOMAS, *à genoux.*

Pardon, mon ami, pardon mille fois... je vous
ai pris pour un sanglier.

LOUIS.

Pour un sanglier !.. Et si malheureusement
votre fusil étoit parti ? ( *Il fait jour.* )

HENRIETTE, *les mains élevées.*

O ciel ! Tu ne l'as pas voulu.

THOMAS, *toujours à genoux.*

Non, le ciel ne l'a pas voulu.

LOUIS.

En êtes vous bien persuadé ?

THOMAS

Oui, à jamais !

LOUIS

Qu'est-ce que je vous avois dit ?

### THOMAS.

Vous aviez raiſon ; j'embraſſe vos genoux.

### LOUIS.

Point d'humiliation , quand on n'eſt pas coupable : embraſſez-moi , ( *tendrement.* ) mais cor-
rigez-vous.

### THOMAS.

Oui , mon ami, je te le promets , ( *il l'embraſſe.* )
Viens auſſi , ma chere Henriette ... oui , je vais de
ce pas briſer mon fuſil en mille pièces ! ( *Il va le
ramaſſer.* )

### HENRIETTE.

Ah ! mon pauvre Louis !

### LOUIS.

Voilà comme les malheurs arrivent ! & voilà
l'effet des armes à feu entre les mains de gens
qui ont la tête chaude !

### THOMAS *revenant, briſe ſon fuſil.*

Tiens, tiens, maudit, déteſtable, abominable,
exécrable , diabolique , infernal fuſil !

### LOUIS.

Beau-pere , à votre place j'en garderois le
canon.

### THOMAS.

Pourquoi ?

### LOUIS.

Pour ſouffler votre feu ſur vos vieux jours , &
pour vous reſſouvenir de moi.

**THOMAS** *lui fert la main.*

Ah ! mon ami, je n'oublierai jamais, ni toi, ni ta leçon ; ( *à part* ) je meurs de laffitude & de fommeil.

**LOUIS.**

Vous oubliez pourtant quelque chofe.

**THOMAS.**

Quoi ?

**LOUIS.**

Vous m'aviez promis Henriette.

**THOMAS...** *froidement.*

J'entends ; vous me demandez le prix de mon étourderie, ( *embaraffé* ) il vous eft dû.

**LOUIS.**

Moi, vouloir en profiter ?.. Non, rien de force, ni par fubtilité !

**THOMAS.**

Eh bien, nous y réfléchirons : nous aurons tout le temps d'en caufer demain. ( *Il s'affied au pied du pommier.* )

**LOUIS.**

Soit.

**HENRIETTE.**

Eloignons-nous, peut-être qu'il s'endormira. ( *Ils vont s'affeoir auprès du peu de feu qui refte encore.* ) **THOMAS.**

## THOMAS.

Je fuis fi accablé que je crois que la tête me tourne ... (*Il bâille & fommeille par intervalles, & confidere encore la citrouille & l'arbre tour à tour.*) Il faut avouer pourtant ... que cela eft bizarre ... cela, & autre chofe ... Par exemple, pourquoi le terrein de mon voifin eft - il meilleur que le mien? ... Pourquoi ne produit-il pas tous les ans & en tout temps? ... Pourquoi? ... Pourquoi? ... & pourquoi fuis-je malheureux?

## LOUIS.

Pere Thomas ... chut! ... Vous me l'avez promis.

## THOMAS.

Mais, mes réflexions ne font de mal à perfonne, (*à part*) je n'en puis plus ...

## HENRIETTE.

S'il pouvoit dormir.

THOMAS... *Il appuye un bras fur la citrouille, & couche fa tête fur fon bras du côté du fpeſtateur.*

### RÉCITATIF.

Oui ... je donne au diable la chaffe ...
(*Il fe retourne.*)
Que dites-vous là-bas?

## HENRIETTE.

Eh! nous ne parlons pas.

C

THOMAS, *de rechef sur son séant.*

Cette citrouille m'embarrasse...
Pardon mon cher Louis...

LOUIS.

N'ayez plus de soucis...

THOMAS.

Oui, citrouille rampante!
Il valoit mieux que celui qui te fit,
A ce gros arbre te pendit,
Tu serois moins gênante;...
Et puis, comme j'ai dit,
A tel arbre tel fruit,
C'eut été mieux l'affaire;
*(Il se couche sur la citrouille, le visage vers le Ciel.)*
Oh! j'ai toujours raison...
Henriette?

HENRIETTE, *à demi voix.*

Mon pere?...

LOUIS.

Paix... chut... Il ne répond,

THOMAS... *s'endormant.*

Oh! j'ai toujours raison.

LOUIS.

Il s'endort tout de bon.

# DRAME LYRIQUE.

## DUO.

### LOUIS & HENRIETTE.

O propice sommeil,
Viens appaiser un pere !
Et qu'un heureux reveil
Deffille sa paupiere!
De l'incrédulité,
Que le voile soit écarté ;
Et laisse briller la clarté,
De la félicité!
Que ce repos
Le dédommage,
Et le soulage
De tous ses maux !

( *Les arbres sont agités par gradation.* )

### LOUIS.

Nous avons déja gagné un grand point ; c'est de l'empêcher de braconner.

### HENRIETTE.

Oui, mais cette leçon a manqué de nous coûter cher.

### LOUIS.

Ah ! ma chere Henriette ! il falloit que ce fût ton pere pour me contenir & lui pardonner.

### HENRIETTE.

Comment pourrai - je m'acquitter de tout ce que je te dois !

### LOUIS, *il l'embrasse.*

Comme cela, ... & puis comme l'on dit, un bon mariage payera tout.

*( Une pomme tombe sur le nez de Thomas : il s'éveille en sursaut, porte la main à son nez, & court inconsidérément toute la scène.)*

### TRIO FINAL.

#### THOMAS.

Qui va-là ?
Ahi le nez ;

#### LOUIS.

Alte-là ;
Holà,
Mais vous déraisonnez.

#### HENRIETTE.

Qu'avez - vous ?
Tout doux ;
Calmez votre couroux.

#### THOMAS.

Si je savois qui m'a frappé,
Il y seroit trompé.

#### LOUIS & HENRIETTE.

Ce n'est personne ;
( *à part* ) Il déraisonne,
( *haut* ) Vous vous êtes trompé.

LOUIS.

Je suppose
Qu'il est tombé
De - là - haut quelque chose.

THOMAS.

Non, non, c'étoit un homme.

LOUIS.

Non, c'étoit une pomme
Qu'a fait tomber le vent.

THOMAS.

Une pomme?

LOUIS & HENRIETTE.

Assurement,

THOMAS.

Une pomme?

LOUIS, *la ramasse.*

La voilà, jugez - en :

HENRIETTE.

Ce ne peut être autrement;

THOMAS.

Une pomme?

LOUIS.

Eh bien?

THOMAS.

Eh bien, je vous entends;

LOUIS.

Eh bien?

### THOMAS.

Eh bien, je vous comprends;
Si cet arbre en effet,
Eut produit un tel fruit,

THOMAS . . . . . . De moi. }
LOUIS & HENRIETTE ... De vous. } C'eut été fait.

### LOUIS.

Eh bien?

### THOMAS.

Eh bien, ne murmurons de rien;
Tout est bien, tout est bien.

### HENRIETTE.

Pas encore, mon pere.

### THOMAS.

Ah ! j'entends ton affaire.
Mariez-vous, soyez contents;
Embrassons-nous, mes chers enfans.

Viens, ô citrouille chère! { Il la cueille
Viens dans notre chaumière { & l'emporte
Etre à tout mécréant
Un exemple vivant.

### TOUS.

Jouissons; cultivons
Le peu que nous avons;
Ne murmurons de rien,
Tout est bien, tout est bien.


## FIN.

**N°. 1. ANDANTE.**

C iv

40 LA POMME ET LA CITROUILLE,
va - re, Que nous n'ar - ro - fions
de fu - eurs? Eft - il bien - fait de ta
main trop a - va - re, Que nous n'ar -
ro - - fions de fu - eurs? Que
nous n'ar - - ro - - fions de fu -
eurs? Viens, viens, viens dans
nos champs d'indi - gen - ce, Viens dans nos

champs d'in - di - gen-ce Ra - me - ner
la prof-pé-ri - té : Viens, viens, fais fuc - cé-
der le cal-me d'abon-dan-ce Aux fri-
mats de la pau-vre - té. Demain, dis-
tu ? Demain s'a - van - ce, Sans
voir le mo-ment de jou - ir : De - main
en - cor le tra - vail re-com - men - ce.

## Nº. 2. *ANDANTINO.*

nan - - - te, An-non-cer par ses
chants, La fai + son re - - - naif-
fan - te: Dé - jà fa voix per - çan-te,
Pé - nétre au fond des bois; La trou - pe
ga - - - zouil - lan - te,
Ga - - zouil - - lan - te:
La trou - pe ga - zouil-lan-te, Se

ré - veil - le à la fois. Dans nos
ver - gers, fur la bruy - e - re, Chacun fré - don - ne à fa ma-
nié - re; Ses plai - firs di - vers; Ses
plai - firs di - vers; Rien n'eft
plus tou-chant que leurs airs;
Rien n'eft plus doux que leurs con-

certs : On croit qu'ils s'entre - tien - nent ; On

croit qu'ils se com - -prehennent, Et

-nt tou - jours - joy - eux, Par - ce

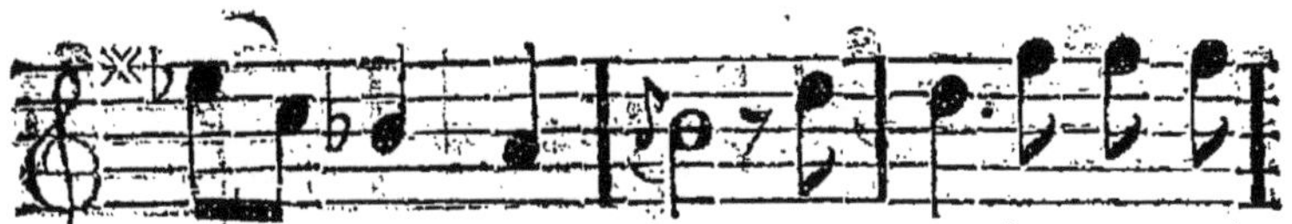
qu'ils font heu - reux : On croit qu'ils s'entre-

tien - nent ; On croit qu'ils se com - prennent, Et

tou - jours - joy - eux, Par - ce

qu'ils font heu - reux. Plus ai-

sé - - ment nous pou - vons

l'é - tre; Sça - chons con - noî-tre Et

sai - sir le mo - ment; Sça - chons con -

noî-tre, Et sai - sir le mo - ment; Et

sai - sir le mo - ment.

N. 3. ALLEGRO.

Lais - sez, beau - pè - re,

vos fu - sils; Lais - sez, beau - pè - re,

vos fu - fils: Ou bien d'u-ne ou d'au-

tre ma - nie - re Ils vous cau - fe - ront

des fou - cis: Si par mal-heur un

Gar - de chaf - fe - Ti - re fur

vous & vous - fra - caf - fe,

A - la mai - fon tout é - clo-

pé, tout é - clo - pé, Le dos cour-

# LA POMME ET LA CITROUILLE,

ces É - tats; Il fau-

droit quit-ter ces É - tats, Hen - ri -

et - te n'y sur - vi-vroit pas; Hen - ri -

et - te n'y sur - vi - vroit pas: Laif -

fez, beau - pè - re, vos fu -

fils, Laif - fez, beau - pè - re,

vos fu - - fils, Ou bien d'une

D

où d'au - - tre ma - nié - re Ils
vous cau - fe - ront des foucis; Si, par mal - heur, un Gar - de-
chaf - fe, Ti - re fur vous &
vous fra - - caf - fe! A - la maifon, tout - é - clo - pé, tout é - clo-
pé, Le dos cour - bé, Vous re - vien-

*F I N.*